AF460471

1911 Novembre 13

VENTE

Des 13, 14 et 15 Novembre 1911

HOTEL DROUOT, SALLE Nº 6

A DEUX HEURES

EXPOSITION PUBLIQUE

Le Dimanche 12 Novembre 1911

DE 1 HEURE 1/2 A 6 HEURES

COLLECTION DE MONSIEUR I...

DE LYON

Objets d'Art Anciens

FAIENCES ET PORCELAINES ANCIENNES

TABLEAUX — GRAVURES — DESSINS

OBJETS DE VITRINE

MEUBLES ET SIÈGES DES XVIe, XVIIe ET XVIIIe SIÈCLES

Tapisseries — Tapis d'Orient

COMMISSAIRE-PRISEUR

Mᵉ F. LAIR-DUBREUIL

EXPERTS

MM. PAULME & B. LASQUIN Fils

CATALOGUE

DES

Objets d'Art Anciens

TABLEAUX — GRAVURES — DESSINS

ANCIENS ET MODERNES

FAIENCES ET PORCELAINES ANCIENNES

d'Avignon, Alcora, Delft, Moustiers, Chine
Compagnie des Indes, Japon, Louisbourg, Niederviller, Nynphembourg
Paris, Sèvres, Wedgwood, etc.

OBJETS DE VITRINE

ORFÈVRERIE — MINIATURES — ÉVENTAILS — BOITES, ETC.

MEUBLES ET SIÈGES DES XVIe, XVIIe ET XVIIIe SIÈCLES

SIÈGES COUVERTS EN TAPISSERIE ANCIENNE

Objets divers, Bois sculpté, Glaces

BRONZES D'ART ET D'AMEUBLEMENT

PENDULES — LUSTRE — BRONZES JAPONAIS

TAPISSERIES ANCIENNES DES FLANDRES ET D'AUBUSSON

ETOFFES, TAPIS

LE TOUT COMPOSANT LA

COLLECTION DE MONSIEUR I...

DE LYON

ET DONT LA VENTE AUX ENCHÈRES PUBLIQUES AURA LIEU

HOTEL DROUOT, SALLE N° 6

Les Lundi 13, Mardi 14, Mercredi 15 Novembre 1911

à deux heures

COMMISSAIRE-PRISEUR	EXPERTS
Me F. LAIR-DUBREUIL	**MM. PAULME & B. LASQUIN Fils**
6, rue Favart	10, r. Chauchat | 11, r. Grange-Batelière

EXPOSITION PUBLIQUE

Le Dimanche 12 Novembre 1911, de 1 h. 1/2 à 6 heures

CONDITIONS DE LA VENTE

Elle sera faite au comptant.

Les adjudicataires paieront *dix pour cent* en sus des enchères.

L'exposition mettant le public à même de se rendre compte de l'état et de la nature des objets, aucune réclamation ne sera admise une fois l'adjudication prononcée.

Paris. — Imp. de l'Art, Ch. Berger, 41, rue de la Victoire

DÉSIGNATION

ESTAMPES ANCIENNES

ENCADRÉES ET EN FEUILLES

1 — Alix (P.-M.). *Portrait de J.-C. Le Vacher de Charnois*, d'après Violet.

Tr. b. épr. impr. en coul. Gr. marge. Encadrée.

2 — Amiconi (D'après G.). *Euphrosine*, par de la Rue de l'Épinay.

Est. ov. Deux épr. en coul. Encadrées.

3 — Baudouin (D'après P.-A.). *Le Catéchisme. — Le Confessionnal.*

Deux p., par Moitte. Belles épr. Sans marge.

4 — Binet (D'après). *Le Chasseur. — La Solitude agréable.*

Deux p., par Dugast. Belles épreuves. Marge.

5 — Boilly (D'après L.). *Les Grimaces.*

Dix-sept lithographies coloriées.

6 — Bonnet (Louis). *Buste de Femme*, de prof. à dr., d'après C. Vanloo (N° 292).

Tr. b. épr. à plus. crayons. Pet. marge. Cadre en baguettes Louis XVI en bois doré.

7 — *Vénus couronnée par les Amours*, d'après J.-B. Huet.

Bonne épr. à plus. crayons. Sans marge. Encadrée.

8 — *Tête de Femme*, de pr. à gauche.

Tr. b. épr. à plus. crayons. Sans marge. Cadre Louis XIII en bois doré.

9 — *Études pour les demoiselles. — Bustes de Femmes* et autres sujets.

Neuf pièces à la sanguine, d'après J.-B. Huet, Vien, Vanloo, etc. Bonnes épr.

10 — Boucher (D'après F.). *La Courtisane amoureuse. — Le Glouton.*

Deux p. pour les *Contes de La Fontaine*. Belles épr., l'une av. marge.

11 — *La Belle Cuisinière. — La Belle Villageoise. — Le Panier mystérieux.*

Trois p. par Aveline, Soubeyran et Gaillard. Belles ép. Av. marge.

12 — *Le Bouquet bien reçu. — La Mort d'Adonis. — La Correzzione. — L'Architecture. — La Musique.*

Six p. en noir.

13 — *Pensent-ils au raisin? — Les Plaisirs de l'Été. — Les Amours pastorales. — Amours.*

Neuf p. en noir.

14 — Coypel (D'après). *La Joueuse de guitare. — L'Amour de ville. — L'Amour de village. — L'Air grave que je fais paraître. — Don Quichotte.*

Cinq p. en noir.

15 — Chardin (D'après J.-B.-S.). *La Mère laborieuse,* par Lepicié.

Tr. b. épr. Marge.

16 — La même estampe.

Tr. b. ép. Petite marge. Cadre Louis XIII en bois doré.

17 — *L'Économe,* par Le Bas.

Tr. b. épr. Marge.

18 — Demarteau (Gilles). *Madame Huet lisant une lettre* (N° 408), d'après J.-B. Huet.

Tr. b. épr. aux trois crayons. Cadre Louis XVI en bois doré.

19 — *Jeune Femme au chien,* d'après J.-B. Huet (N° 511).

Tr. b. épr. aux trois crayons. Petite marge. Cadre Louis XVI en bois doré.

20 — *Pastorales.* — *Femme nue.* — *Buste de Femme.*

Quatre p., d'après Boucher et A. Watteau (45-164), à la sanguine.

21 — *Étude académique.* — *Vignette.* — *Frontispice.* — *Portrait de Vanloo.* — *Buste de Femme.*

Cinq. p., d'après Bouchardon, Boucher, Cochin, Lagrenée, Vanloo (141-649), à la sanguine, la dernière aux trois crayons.

22 — *La Bonne mère* et sujets divers (Nos 71-72-168-171).

Quatre p., d'après Boucher, Huet, etc., à la sanguine. Belles épr. Gr. marge.

23 — *Bustes de Femme*, d'après Boucher, Le Prince et Vanloo (Nos 40-303-405-521).

Quatre p. à la sanguine. Belles épr. Petite marge.

24 — Demonchy. *L'Amant dangereux.* — *La Bergère couronnée.* — *L'Heureux tête-à-tête.* — *Le Repos agréable.*

Suite de quatre p., d'apr. B. Lang. Belle épr. Marge.

25 — Detroy (D'après). *L'Aimable accord.* — *Fuyez Iris...* — *Les Apprêts du bal.* — *Le Retour du bal.*

Sept p. par Beauvarlet, Cochin et autres. Bonnes épr.

26 — École anglaise du XVIIIe siècle. Estampes, d'après Kauffmann et autres, la plupart en bistre ou à la sanguine.

Dix-neuf pièces.

27 — Estampes, d'après Aug. Kauffmann et autres. En couleurs.

Neuf pièces.

28 — *Sujets divers*, à la manière noire.

Huit pièces.

29 — École française du XVIIIe siècle. Petites gravures en noir et en couleurs : Petits portraits de femmes et autres. Encadrées. (Pourront être divisés.)

30 — *Bustes de Femmes, paysages, sujets gracieux*, d'après Boucher, Huet, Greuze, Joullain et autres.

Vingt pièces. Bonnes épreuves.

31 — *Trophées*, d'après de Lafosse, dont le frontispice du quatrième cahier. — Frontispice de l'Encyclopédie, d'après Cochin.

Dix pièces. Bonnes épreuves. Marge.

32 — Frontispices et culs-de-lampe, par Cochin, Choffard, Bouchardon, etc.

Treize pièces.

2

33 — *Vignettes* in-8° et petites estampes, d'après GRAVELOT, MOREAU LE JEUNE et AUTRES.

Seize pièces. Marge.

34 — *Estampes sur la Révolution*, d'après MOREAU LE JEUNE, PRIEUR et AUTRES.

Vingt pièces. Marge.

35 — *Frontispice de l'Encyclopédie. — Les Délices de l'été. — L'Amour enfant. — L'Enfant qui joue avec l'amour. — Le Jardinier galant. — Le Traitant. — L'Ecurie. — La Lettre envoyée. — Sainte Geneviève. — La Jeune Corinthienne. — La Vertueuse Athénienne. — L'Oracle des amants. — Tableau magique*, etc.

Vingt-trois pièces en noir.

36 — *Lecture espagnole. — Conversation espagnole. — L'Amour menaçant. — L'Éducation de l'amour. — La Matinée turque. — Les Rigueurs de l'hiver*, etc.

Douze pièces en noir.

37 — *Sujets divers.*

Trente pièces en noir.

38 — *La Comparaison des petits pieds. — La Surprise agréable. — Le Consommé. — L'Écueil de la Sagesse. — Le Bal du May. — La Nuit. — Le Bonheur du ménage*, etc.

Treize pièces en noir, la plupart manquant de conservation.

39 — *Sujets divers*, d'après CARESME, HUET, PERNET, SERGENT, etc.

Quatorze pièces en couleurs ou coloriées.

40 — ÉCOLE FRANÇAISE DU XIXe SIÈCLE. *Sujets gracieux. — Hébé.*

Six p. imp. en coul. Marge à la plupart.

41 à 51 — Sous ces numéros, seront vendues par lots un grand nombre d'estampes des XVIIe, XVIIIe et XIXe siècles, gravures et lithographies, vignettes, etc.

52 — FREUDEBERG (D'après S.). *Le Petit Jour*, par N. DE LAUNAY.

Belle épr. sur pap. vélin. Marge.

53 — GÉRARD (D'après Mlle). *L'Élève intéressante. — Le Triomphe de Minette.*

Deux p. par VIDAL. Bonnes épr. fatiguées.

54 — GREUZE (D'après J.-B.). *Le Malheur imprévu. — L'Heureux Ménage. — Le Père aveugle. — Le Silence* (2 pl.). — *Le Philosophe charitable. — Le Donneur de sérénade*, etc.

Huit pièces en noir. Marge.

55 — JANINET (F.). *Colonnade et Jardins de la Villa Médicis. — Restes du Palais du Pape Jules.*

Deux p. fais. pend., d'apr. H. ROBERT. Tr. b. épr. impr. en coul. Marge. Encadrées.

56 — Jazet (Par et d'après). *Le Départ du Marin.*

Tr. b. épr. en coul. Cadre Louis XVI, en bois doré.

57 — Lancret (D'après N.). *L'Automne.* — *L'Hyver.*

Deux p., par de Larmessin. Belles épr. Marge.

58 — *Les Deux Amis.* — *A Femme avare, galant escroc.* — *Nicaise.*

Trois p. pour les *Contes de Lafontaine*, par de Larmessin et Schmidt.
Belles épr. avant l'adresse de *Buldet*. Marge.

59 — *Repas italien.* — *La Danse.*

Deux pièces, la deuxième avant la lettre.

60 — Lawreince (D'après N.). *Le Billet doux.* — *Qu'en dit l'abbé ?*

Deux p., par N. de Launay. Belles épr. Marge.

61 — *École de danse.* — *Le Lever des ouvrières en modes.* — *Le Coucher des ouvrières en modes.* — *Les Nymphes scrupuleuses.*

Quatre p. en noir, par Dequevauviller et Vidal. Manquant de conservation.

62 — Le Prince (D'après J.-B.). *Le Joueur de balalaye.* — *Paysages*, etc.

Sept pièces à la manière du lavis. Bonnes épreuves.

63 — Machy (D'après de). *Ruines romaines.*

Deux p. fais. pendant. Tr. b. épr. impr. en coul. avant toutes lettres. Pet. marge. Encadrées.

64 — MALLET (D'après J.-B.). *Julie ou le Premier baiser de l'amour. — L'Élysée.*

Deux p., par A. LEGRAND et COPIA, la première avant la lettre. Marge.

65 — NANTEUIL. *Portrait de Messire Lotin de Charny*, et un autre portrait.

Deux p. Belles épr. Sans marge. Cadres Louis XVI en bois doré.

66 — PORTRAITS. Sous ce numéro, six portraits divers encadrés.

67 à 70 — Sous ces numéros, seront vendus par lots un grand nombre de portraits gravés des XVIIe, XVIIIe et XIXe siècles.

71 — VANGORP (D'après). *Le Portrait de l'Amant*, par BERTELY.

Tr. b. épr. impr. en coul. Marge.

72 — VAN DYCK (D'après). *Charles Ier et sa femme.*

Deux p., par BONNEFOY. Tr. b. épr. impr. en coul. à la poupée. Pet. marge. Encadrées.

73 — WATTEAU (D'après A.). Pièces provenant de son œuvre, études de personnages et arabesques.

Vingt et une pièces. Belles épreuves. Marge.

DESSINS, PASTELS

ANCIENS ET MODERNES

BINET (René)

74 — *Chœur de l'église haute à Assise.*

Aquarelle rehaussée de gouache. Signée.

BOTH (Jean)

75 — *Vues de ruines aux environs de Rome.*

Six dessins plume et lavis.
Dans un cadre.

BOUCHARDON (Edme)

76 — *Pierres gravées du cabinet du Roy.*

Treize dessins et un frontispice à la sanguine.

CALLOT (Jacques)

77 — *Études de mousquetaire.*

Deux petits dessins au lavis dans un cadre.

GIRODET (?)

78 — *La Vérité.*

Dessin au crayon noir.

GRAVELOT (Hubert)

79 — *Jeune Mère.*

Petit dessin au lavis de bistre.
Cadre en bois sculpté et doré Louis XVI.

LABILLE-GUYARD (Genre de Mme)

80 — *Portrait de Femme, coiffée d'un bonnet de dentelle à ruban.*

Pastel.

LE PRINCE (J.-B.)

81 — *Personnages orientaux.*

Trois dessins, crayon, plume et lavis. Signés.

PATEL

82 — *Le Gué.*

Gouache.
Cadre Louis XIII en bois sculpté et doré.

PIERRE

83 — *Faune.*

Dessin aux crayons noir et blanc.

VÉRONÈSE (D'après Paul)

84 — *L'Adoration des Bergers.*

Dessin au lavis rehaussé de blanc.
Cadre baguette Louis XIV.

VINCENT

85 — *Portrait d'une Femme artiste.*

Dessin au crayon noir rehaussé de blanc.

86 — *Étude de Jeune Femme en buste.*

Dessin au crayon noir et sanguine.

WATTEAU de Lille (François)

87 — *Costumes et Modes.*

Huit dessins au crayon.
Dans quatre cadres.

ÉCOLE FRANÇAISE (XVIIe siècle)

88 — *Jésus guérissant les malades.*

Dessin au lavis rehaussé de blanc.
Cadre Louis XIII en bois sculpté et doré.

ÉCOLE FRANÇAISE (XVIIIe siècle)

89 — *Vue de la Fontaine Sainte-Sophie à Bénevent, près de Naples.*

Dessin à la plume aquarellé.

ÉCOLE FRANÇAISE (XVIIIe siècle)

90 — *Paysage avec cours d'eau et pêcheurs.*

Dessin au lavis rehaussé de blanc.

91 — *Mère et son enfant.*

Dessin à la sanguine.

ÉCOLE FRANÇAISE (XVIIIe siècle)

92 — *Paysage italien avec cascade et personnage.*

Dessin à la sanguine.

93 — *Cérémonie funèbre dans un temple.*

Dessin à la sépia.
Cadre en bois sculpté.

ÉCOLE FRANÇAISE (XVIIIe siècle)

94 — *Portrait de Femme.*

Petit dessin ovale au crayon et aquarellé.

ÉCOLE HOLLANDAISE (XVIIe siècle)

95 — *Paysage d'hiver avec patineurs.*

Gouache.

Cadre Louis XIV en bois sculpté.

ÉCOLE ITALIENNE (XVIIIe siècle)

96 — *Projet de plafond.*

Dessin à la sanguine.

Cadre Louis XVI en bois sculpté.

97 à 99 — Huit dessins encadrés anciens et modernes non catalogués. (Seront divisés.)

100 à 104 — Sous ces numéros, seront vendus en lots des dessins anciens et modernes de toutes les écoles.

TABLEAUX

ANCIENS ET MODERNES

BACKHUYSEN

105 — *Marine ; Effet de tempête.*

Bois. Signé.

BAUDOUIN (D'après)

106 — *Marchez tout doux, parlez tout bas,* sujet connu par la gravure de DE LAUNAY.

Toile.

BREUGHEL (Genre de PIERRE)

107 — *Prédication.*

Toile.

CONSTABLE (JOHN)

108 — *Paysage avec étang, animé de figure.*

Toile. Signée et datée : *1825*.

LACROIX (DE)

109 — *Entrée d'un port de la Méditerranée, animé de personnages, et avec forteresse.*

Toile.
Cadre ancien en bois sculpté et doré.

LANTARA

110 — *Petit paysage, avec rivière et pont en ruine.*

Toile. Signée et datée : *1784.*

LE NAIN

111 — *Les Dentellières.*

Toile.
Cadre en bois sculpté et doré.

MIÉRIS (Attribué à W.)

112 — *Sujet mythologique.*

Panneau.
Cadre en bois sculpté et doré.

MIGNARD (Attribué à)

113 — *Portrait de Femme en corsage décolleté avec perles.*

Toile.
Cadre ancien en bois sculpté.

MOLENAER

114 — *Intérieurs d'auberge, avec scènes paysannes, danses et festin.*

Deux pendants sur bois.

NETSCHER (Gaspard)

115 — *Petit portrait de Femme en corsage décolleté, costume de satin.*

Toile.
Cadre Louis XIV en bois sculpté et doré.

OLIVIÉ (D.)

116 — *Vue d'un port de la Méditerranée, animé de personnages.*

Toile. Signée et datée : *1785*.

RIGAUD (D'après HYACINTHE)

117 — *Portrait de Louis XIV en cuirasse.*

Toile.

RIGAUD (École de)

118 — *Portrait d'Homme en grande perruque, vêtu d'un manteau rouge avec col de dentelle.*

Toile.
Cadre en bois sculpté et doré Louis XIV.

ROSALBA (D'après)

119 — *Portrait de Jeune Femme.*

Toile.
Cadre en bois sculpté.

SANTERRE (JEAN-BAPTISTE)

120 — *Portrait de Jeune Homme, coiffé d'un chapeau de feutre.*

Panneau.

SAUVAGE (Attribué à)

121 — *Jeux d'enfants.*

Peinture en grisaille en forme de dessus de porte.
Toile.

VERNET (Joseph)

122 — *Le Naufrage.*

Bois.

WATTEAU (D'après)

123 — *Les Plaisirs du bal.*

Bois.

ÉCOLE ALLEMANDE (XVIe siècle)

124 — *Épisode de la vie du Christ.*

Peinture sur cuivre.

ÉCOLE FLAMANDE (XVIe siècle)

125 — *Volet de triptyque à double face.*

Représentant d'un côté sainte Madeleine sur fond de paysage et armoirie aux angles supérieurs. Sur l'autre face, la Donatrice agenouillée ; écussons d'armoiries aux angles.

ÉCOLE FRANÇAISE (XVIIIe siècle)

126 — *Portrait de Femme en buste, décolletée, les cheveux poudrés.*

Toile.
Cadre en bois sculpté et doré.

ÉCOLE FRANÇAISE (XVIIIe siècle)

127 — *Réunion de personnages dans un parc.*

Composition dans le goût de Pater.
Toile.

ÉCOLE FRANÇAISE (XVIIIe siècle)

128 — *Le Jugement de Pâris.*

Toile.
Cadre en bois sculpté et doré.

129 — *Scène de Don Quichotte.*

Toile.
Cadre en bois sculpté et doré Louis XIV.

ÉCOLE FRANÇAISE (XVIIIe siècle)

130 — *Trois Petits Portraits de Femmes en costume Régence.*

Toiles ovales.
Cadres anciens en bois sculpté et doré.

131 — *Petit Portrait d'Artiste dans son atelier.*

Toile.

ÉCOLE FRANÇAISE (XVIIIe siècle)

132 — *Petit Portrait de Femme décolletée.*

Toile ovale.
Cadre en bois sculpté et doré. Époque Louis XIV.

ÉCOLE FRANÇAISE

133 — *Dessus de porte : Jeux d'enfants figurant l'Été.*

Toile.

ÉCOLE HOLLANDAISE (XVIIe siècle)

134 — *Oiseaux morts.*

Toile.

135 — *Portrait d'Homme chauve en vêtement noir et jabot en dentelle de Venise.*

Toile.
Cadre Louis XIII en bois sculpté et doré.

ÉCOLE HOLLANDAISE (XVIIe siècle)

136 — *Petit Portrait d'Homme en buste, coiffé d'un chapeau de feutre gris avec plume.*

Panneau.

137 — *Composition allégorique.*

Petite peinture sur bois.

ÉCOLE HOLLANDAISE (XVIIe siècle)

138 — *Petit Portrait d'Homme, habit noir et collerette blanche.*

Cuivre.

ÉCOLE ITALIENNE (XVIe siècle)

139 — *La Sainte Famille et saint Jean-Baptiste.*

Peinture sur bois à fond d'or.
Cadre gothique en bois doré.

ÉCOLE ROMANTIQUE

140 — *Causerie.*

Peinture sur carton.

ÉCOLE VÉNITIENNE

141 — *Sujet biblique.*

Toile.
Cadre en bois sculpté et doré Louis XV.

142 à 148 — Vingt-trois peintures anciennes et modernes non cataloguées. (Seront divisées).

FAIENCES ET PORCELAINES

ANCIENNES

BISCUITS, TERRES, GRÈS

149 — Deux cruches en terre vernissée d'Avignon de couleur verte et brune.

150 — Un pichet, deux compotiers, porte-fleurs en anciennes faïences diverses.

151 — Une jardinière-porte-fleurs, une tasse et sa soucoupe en ancienne faïence et un crémier en biscuit noir.

152 — Trois cruches et une chope en grès allemand, avec couvercles d'étain.

153 — Deux chopes en ancienne terre émaillée de Munich, avec couvercles en étain.

154 — Petit groupe de berger et bergère et leur chien sur socle mouluré en ancien biscuit.

155 — Sept figurines en biscuit.

156 — Un présentoir, un encrier et une tasse couverte avec sa soucoupe en porcelaine. Époque Empire.

157 — Plaque en biscuit de Wedgwood, représentant Diane, Junon et Flore, en blanc sur fond bleu.

158 — Un porte-huilier et un porte-fleurs en ancienne faïence de Moustiers, décor en camaïeu vert.

159 — Coupe ronde à piédouche en ancienne faïence d'Alcora, décor de fleurs et sujet oriental en couleurs.

160 — Six assiettes ou compotiers en ancienne faïence de Moustiers, décors variés en camaïeu et en couleurs.

161 — Huit assiettes ou compotiers en anciennes faïences diverses.

162 — Deux plats ronds et un plat ovale en ancienne faïence de Moustiers, décor de Bérain et grotesques en bleu et camaïeu.

163 — Deux plats et un plateau ajouré en faïence italienne.

164 — Sous ce numéro, seront vendues des faïences et porcelaines non cataloguées.

165 — Soupière couverte en ancienne faïence du Midi, de forme ovale, à quatre pieds, et décor de branches fleuries en couleurs.

166 — Deux statuettes de berger et vendangeuse en ancienne faïence de Lorraine, décorées en couleurs.

167 — Deux plats en ancienne faïence de Nevers, décor chinois en bleu et couleurs, et deux plats octogones en ancienne faïence, décor bleu.

168 — Deux plats ovales en ancienne faïence du Midi, décor de fleurs en couleur, et un grand plat rond en ancienne faïence des Islettes, décoré en couleurs d'un paon au centre.

169 — Garniture de trois pièces : une potiche et deux cornets en faïence de Delft, décor de vues de villes en bleu.

170 — Un pichet et deux petits vases-rouleaux en faïence de Delft, décor bleu.

171 — Plat rond en ancienne faïence de Delft, décor en couleurs. Style chinois.

172 — Cinq plats ronds en ancienne faïence hollandaise et de Delft, décor bleu.

173 — Paire de compotiers en ancienne faïence de Delft, décor de quatre réserves en forme de cœur sur fond vert.

174 — Cinq assiettes en ancienne faïence de Delft, décor polychrome.

175 — Petit plat en ancienne faïence de Delft, décor en couleurs dit au tonnerre.

176 — Assiette en ancienne faïence de Delft, à décor chinois en couleurs : corbeille de fleurs au centre.

177 — Corbeille ovale ajourée en ancienne porcelaine de Louisbourg; autre corbeille analogue en faïence.

178 — Deux petits groupes et trois figurines en porcelaine blanche de Louisbourg, Venise et autres.

179 — Soupière de forme ronde, avec couvercle surmonté d'une statuette d'enfant nu vidant une corbeille, en ancienne porcelaine blanche de Nynphembourg.

180 — Sucrier en ancienne porcelaine de Louisbourg, décoré de paysages avec personnages.

181 — Paire de corbeilles en porcelaine blanche, à vannerie ajourée, rocailles et branchages de fraisiers en relief.

182 — Deux paires de cornets et deux bols en porcelaine du Japon, décor polychrome et bleu.

183 — Groupe de quatre figures en ancienne porcelaine tendre émaillée blanc : hommes et femmes portant des fleurs et des fruits, assis sur un rocher.

184 — Statuette de baigneuse, d'aprés FALCONET, en biscuit de Niederwiller.

185 — Sept assiettes en porcelaine de Saxe, anciennes et modernes.

186 — Partie de service à café, comprenant six tasses et soucoupes et une cafetière en ancienne porcelaine de Paris, de la rue du Perche, décor à semi de fleurs et dorure.

187 — Autre service analogue, composé des mêmes pièces.

188 — Une cafetière et pot à lait en ancienne porcelaine de Paris, de la rue du Perche, décor barbeaux.

189 — Quatre tasses et soucoupes en ancienne porcelaine de Paris, décor de bouquets de roses reliés par des guirlandes de fleurs.

190 — Deux grandes tasses droites avec leurs soucoupes et un pot à lait en ancienne porcelaine de Paris, décor à bordure avec médaillons à fleurettes.

191 — Tasse et soucoupe en ancienne porcelaine tendre de Sèvres, décor de fleurs en camaïeu rose et une tasse de même porcelaine, décor de fleurs en couleurs.

192 — Soucoupe et pot à crème en ancienne porcelaine dure de Sèvres rehaussée d'or.

193 — Deux tasses et deux soucoupes en ancienne porcelaine de Paris, décor à initiale en fleurs et barbeaux.

194 — Deux assiettes en ancienne porcelaine de la Compagnie des Indes, décor d'armoirie en émaux de couleurs et dorure.

195 — Paire de compotiers et deux assiettes en ancienne porcelaine de Chine, décorés en émaux de couleurs coréens et de la famille verte.

196 — Paire de petites bouteilles en ancienne porcelaine de Chine, décorées en émaux de couleurs de la famille verte.

197 — Paire de vases-cornets en ancienne porcelaine de Chine, décorés de pivoine, papillons et rochers en émaux de couleurs de la famille rose.

198 — Quatorze assiettes en ancienne porcelaine de la Compagnie des Indes, décors variés en couleurs.

199 — Sept assiettes à bord festonné en ancienne porcelaine de la Compagnie des Indes, décor de fleurs en couleurs, bordure en camaïeu rose.

200 — Paire de bouteilles en céladon émaillé jaune et un récipient à eau en forme de carpe, en biscuit de Chine émaillé aux trois couleurs.

201 — Quatorze assiettes en ancienne porcelaine de Chine, décors variés de fleurs en émaux de couleurs, et une assiette creuse, décor bleu. (Seront divisées.)

202 — Aiguière et bassin forme coquille en ancienne porcelaine du Japon, décor bleu, rouge et or.

203 — Quinze assiettes ou compotiers en ancienne porcelaine du Japon, décor en couleurs et en bleu.

204 — Deux plats ronds en ancienne porcelaine de Chine et Japon, décor en émaux de couleurs et en bleu.

205 — Paire de potiches couvertes à huit pans en porcelaine du Japon, décor en bleu, rouge et or.

206 — Autre potiche couverte unie, de même porcelaine, décor analogue.

OBJETS DE VITRINE

MINIATURES, ORFÈVRERIE

207-208 — Neuf miniatures ovales, rondes et rectangulaires : Portraits d'hommes et femmes du XVIIIe siècle. (Seront divisées.)

209-210 — Neuf miniatures ovales, rondes et rectangulaires : Portraits d'hommes et femmes des époques du Premier Empire et de la Restauration. (Seront divisées.)

211 — Miniature ovale : Portrait présumé de Van Dyck.

212 — Deux miniatures anciennes sur vélin : Sujet religieux, et une gouache d'après RAPHAEL : Enfant au dauphin.

213 — Trois miniatures anciennes sur vélin, représentant Titus, sa femme, et Petronia, femme de Vitellus. Dans un cadre.

214 — Miniature ronde : Portrait de jeune femme en robe blanche et ruban rouge, jouant de la guitare. Signée et datée : *Julien de Paris.* Fin du XVIIIe siècle.

215 — Petite miniature ovale : Portrait de femme vue de profil, en corsage décolleté, les cheveux châtains tombant en boucles sur les épaules. École française, fin du XVIIIe siècle.

216 — Deux petites miniatures ovale et ronde : le Baiser et l'Inspiration favorable, d'après Fragonard. xviiie siècle. Avec cadre en argent.

217 — Deux miniatures ovales : Portraits d'homme et femme, peints à l'huile, un petit portrait d'homme hollandais et un dessus de boîte rectangulaire : Sujet flamand peint au vernis.

218 — Deux miniatures rondes : Paysage montagneux et Enfant jouant dans un parc. xviiie siècle.

219 — Deux petites miniatures ovales : Portrait d'homme et de femme du xviiie siècle, avec cadres en strass et en or ciselé.

220 — Miniature ovale : Portrait de jeune femme, les cheveux poudrés gris avec ruban bleu. École anglaise, fin du xviiie siècle.

221 — Miniature ovale : Portrait d'homme, les cheveux poudrés gris, en costume bleu à haut col et cravate blanche. École anglaise, fin du xviiie siècle.

222 — Médaillon ovale en émail peint : Vénus et les amours. Époque Louis XVI. Dans un cadre en bronze ciselé et doré, de style Louis XVI.

223 — Médaillon rond peint au vernis : Paysage avec chaumière et personnages au bord d'un cours d'eau.

221 — Cinq miniatures, dont trois non terminées : Portraits d'homme et femmes du XVIIIe siècle. Dans un cadre en soie.

225 — Miniature ronde : Portrait de Voltaire. Signé : P. G. Daté : *1817*. Cadre doré.

226 — Sept miniatures rondes et ovales : Portraits de femmes.

227 — Trois éventails nacre et ivoire, avec feuilles peintes modernes.

228 — Huit petits éventails en corne, os et ivoire.

229-230 — Huit éventails en os et ivoire, avec feuilles peintes. XVIIIe siècle et Empire. (Seront divisés.)

231 — Coquille en nacre gravée en relief : la Nativité, deux boutons en nacre gravée et deux fragments antiques en terre.

232 — Deux boites en ancien émail et une boite en porcelaine.

233 — Deux petites boites rondes en ivoire, les couvercles ornés d'une gouache et d'une gravure du XVIIIe siècle.

234 — Une boite en paille et vernis, avec médaillon en ivoire : Portrait de femme en costume Louis XIII, et une bonbonnière en vernis rose, avec miniature ovale : Portrait de jeune homme. Époque Louis XV.

235 à 237 — Huit étuis, boîtes, tabatières en ivoire, nacre, écaille, paille et vernis. (Seront divisés.)

238 — Médaillon ovale en ivoire : Portrait d'homme à grande perruque ; — un médaillon ovale en ivoire sculpté en bas-relief, — et une tabatière en ivoire, dessus orné d'un sujet en bas-relief.

239 — Deux étuis et deux petites boîtes rondes, en ivoire finement sculpté.

240 — Deux boîtes rectangulaires en ancien émail de Saxe, décor en camaïeu rose : Paysages et personnages.

241 — Deux boîtes rondes en vernis Martin et écaille blonde, ornées d'un portrait de femme en gravure et d'un sujet en grisaille. XVIIIe siècle.

242 — Boîte ronde en poudre d'écaille lie de vin posée or, le couvercle orné d'une miniature : Portrait de femme de l'époque Louis XVI.

243 — Deux boîtes rondes en racine et écaille brune, ornées chacune d'une miniature : Portrait de femme. Epoques Louis XVI et Premier Empire.

244 — Deux peignes, diadème en nacre et ivoire, un face à main argent doré, pendentif, croix en argent et strass, un flacon en cristal et un bouton en émail.

245 — Deux paires de flambeaux en argent en forme de colonnes corinthiennes, à bases carrées. Travail anglais de l'époque Louis XVI.

246 — Sucrier couvert en argent repoussé à côtes, décor de rocailles, fleurs et coquille. Travail étranger.

247 — Saucière en argent, à bec, une anse et trois pieds. Travail étranger.

248 — Corbeille ronde à piédouche, avec anse à bord festonné et repoussé, en argent. Travail anglais.

249 — Moutardier, une montre et une tabatière en argent repoussé et une salière double en métal argenté.

250 — Petit volet de diptyque en ivoire sculpté en bas-relief. XVe siècle.

251 — Volet de diptyque en ivoire sculpté à deux compartiments.

252 — Cinq médaillons ou dessus de boîtes en émail peint et biscuit de Wedgwood. XVIIe et XVIIIe siècles.

253 — Deux pendentifs ovale et triangulaire en cuivre émaillé. Ancien travail espagnol.

254 — Plaque en émail peint de Limoges : Sainte Marie-Madeleine. XVIIe siècle.

OBJETS DIVERS

BOIS SCULPTÉS

255 — Aiguière de forme orientale en ancien émail de Canton, décor en couleurs.

256 — Chaufferette en cuivre repoussé et ajouré de forme octogonale.

257 — Plat et petit bassin en cuivre repoussé.

258 — Gargoulette en verre blanc et coloré de Venise et deux flacons en verre émaillé en couleur. Ancien travail hollandais.

259 — Un carafon, un flacon et deux coupes sur pied élevé en verre ancien.

260 — Vingt verres à pieds élevés filigranés de blanc avec calices gravés. Travail ancien.

261 — Médaillon ovale en cire rouge : Buste d'homme barbu, et une ancienne cire polychromée : Portrait d'homme avec un vètement noir et collerette blanche.

262 — Deux coupes en pierre de lard sculptée, ayant la forme d'une grenouille dans des feuillages, et une statuette d'enfant en poterie de Satzuma.

263 — Deux ornements en jade ajouré : feuillages et oiseaux. Travail chinois.

264-265 — Sept neskés en ivoire japonais et un inro en laque rouge de Pékin. (Seront divisés.)

266 à 268 — Sept petites statuettes en ivoire sculpté, des XVIe et XVIIe siècles. (Seront divisées.)

269 — Six pièces : une poupée habillée, une gourde vernis Martin, une statuette de Vierge et Enfant, un médaillon, un Christ et un lion-applique en bois sculpté.

270 — Ancienne balance à carat.

271 — Deux croix processionnelles en cuivre et émail champlevé, des XIIIe et XVIe siècles.

272 — Plaquette en bronze et plaque en cuivre repoussé.

273 — Deux hallebardes et trois épées.

274 — Trois petits coffrets en fer gravé et os. XVIe siècle.

275 — Encensoir en bronze ajouré, une pendulette en cuivre, écritoire et une écuelle en étain.

276 — Treize pièces : sonnettes, burette, petit cadre, statuettes, etc., en bronze patiné et doré.

277 — Six pièces en bronze et fer : Christ, buste, applique, baiser de paix, etc. XVIe et XVIIe siècles.

278 — Lot de cadres en bois sculpté. Époques Louis XIV et Louis XVI.

279 — Bas-relief en bois sculpté ciré : sujet religieux.

280 à 285 — Douze glaces avec cadres en bois sculpté et doré, marqueterie de cuivre et écaille, etc., etc. Époques Louis XIII, Louis XIV et Louis XVI. (Seront divisées.)

286 — Cinq appliques en bois sculpté : Têtes d'anges.

287 — Tarasque en bois sculpté, peinte en vert.

288 — Cinq statuettes de saints en bois sculpté, patiné ou polychromé. XVIIe siècle.

289 — Groupe en bois sculpté polychromé : Vierge assise, portant l'Enfant Jésus assis sur ses genoux. XIIIe siècle.

290 — Buste d'homme drapé et une statuette de moine agenouillé en bois sculpté et ciré.

291 — Petit buste de moine en bois sculpté polychromé. École florentine, XVe siècle.

292 — Statuette-applique en pierre sculptée : Sainte femme debout. XVe siècle.

293 — Buste-reliquaire en bois sculpté peint, sur socle. XVIIe siècle.

294 — Paire de statuettes, figures, porte-cierge en bois sculpté et ciré, sur socles à têtes de chérubins. XVIIe siècle.

295 — Lustre à douze lumières en bois sculpté et doré.

296 — Bas-relief en bois finement sculpté, à compartiments : le Buisson ardent et le Baptême du Christ. Cadre en bois sculpté.

BRONZES, PENDULES

297 — Canard et deux ibis sur des tortues en bronze patiné du Japon.

298 — Petite chimère et un petit brûle-parfums en bronze patiné chinois.

299 — Deux figurines de paysans japonais montés sur des buffles en bronze du Japon à patine claire.

300 — Trois petites figurines de divinité montées sur des cerfs, en bronze patiné et damasquiné du Japon.

301 — Trois bœufs, dont deux harnachés et un monté par un savant, en bronze patiné du Japon.

302 — Figurine de mandarin à cheval en bronze, patiné du Japon.

303 — Statuette de guerrier à cheval en bronze patiné du Japon.

304-305 — Cinq paires de flambeaux en bronze argenté et doré, de styles divers. (Seront divisées.)

306 à 308 — Huit paires d'appliques en bronze doré, de styles Régence, Louis XV, Louis XVI et Empire. (Seront divisées.)

309 — Statuette en bronze patiné : Baigneuse d'après ALLEGRAIN.

310 — Paire de landiers en fonte.

311 — Deux paires de chenêts en bronze doré ou vernis. Styles Louis XV et Louis XVI.

312 — Paire de petits chenets en bronze doré, modèle à draperie, boule, et petit lion. Époque Louis XVI.

313 — Paire de coupes rondes couvertes en bronze ciselé doré, sur socles-fûts à base carrée en marbre blanc.

314 — Grande pendule en marqueterie de cuivre sur écaille, richement ornée de bronzes. Sous le cadran : les trois Parques; couronnement fait d'une figure du Temps. Mouvement de *Vuilliamé à Paris*. Époque Régence.

315 — Petite pendule en marqueterie de cuivre, écaille, nacre et ivoire teinté, ornée de bronze. Époque Régence.

316 — Pendule en marbre blanc et bronze doré forme borne, accostée de deux consoles se terminant en bec d'aigle; couronnement fait d'une anse agrémentée de chaînettes. Époque Louis XVI.

317 — Pendule en bois sculpté peint rechampi or. Époque Louis XV.

318 — Pendule de forme contournée, sur son socle cul-de-lampe, en marqueterie d'ivoire et nacre gravée sur cuivre, ornée de bronze. Époque Louis XV.

MEUBLES ET SIÈGES

319 — Haut de meuble ouvrant à deux portes en bois sculpté, à décor d'arabesques et entrelacs. XVIe siècle.

320 — Commode à trois tiroirs en bois de placage, ornée de bronzes et canaux de cuivre ; dessus de marbre. Époque Régence.

321 — Bureau en bois noir avec parties dorées, à pieds-gaines et croisillons. Époque Louis XIII.

322 — Bahut à quatre portes et deux tiroirs en bois sculpté. XVIe siècle.

323 — Coffre en bois sculpté, décoré de trois panneaux gothiques, en partie ancien.

324 — Commode surmontée d'une étagère à tiroirs et portes, de forme contournée, en bois de placage, ornée de quelques bronzes. XVIIIe siècle.

325 — Commode hollandaise en marqueterie de bois à fleurs, ouvrant à quatre tiroirs. XVIIIe siècle.

326 — Petite vitrine en bois mouluré à consoles.

327 — Console en bois sculpté doré ; dessus de marbre. Époque Louis XV.

328 — Petite table rectangulaire à pieds cambrés en bois et filets marquetés.

329 — Très petit bureau à cylindre, à lames brisées, en acajou avec moulures de cuivre. Style Louis XVI.

330 — Glace-psyché en acajou, à pieds-griffes, ornée de bronzes. Commencement du XIXe siècle.

331 — Petit bureau dos d'âne, à abattant et tiroirs, en bois clair, ornée de cuivres. Époque Louis XV.

332 — Console forme demi-lune en bois sculpté, peint et doré ; dessus de marbre gris. Époque Louis XVI.

333 — Guéridon en acajou, à baguettes de cuivre ; dessus de marbre et galerie.

334 — Petite table en marqueterie de bois de placage, à trois tiroirs. Époque Louis XVI.

335 — Table à ouvrage en acajou et filets de cuivre. Style Louis XVI.

336 — Paire de petites encoignures d'étagères en bois de placage à trois tablettes et deux portes. XVIIIe siècle.

337 — Pétrin en bois sculpté, du XVIIIe siècle.

338 — Pannetière en bois sculpté à petits balustres. XVIIIe siècle.

339 à 342 — Quatre tables en bois ciré, à pieds avec traverses torses en bois tourné.

343 à 345 — Trois petites tables en bois sculpté et ciré. Époque Louis XV.

346 — Chaise longue en deux parties en bois sculpté peint blanc, garnie de velours vert. Époque Louis XVI.

347 — Deux chaises variées en bois tourné. Époque Louis XIII.

348 — Chaise en bois tourné et sculpté. Époque Louis XIII.

349 — Deux chaises variées, à dossiers lyres, en bois sculpté et peint, couvertes aux sièges de satin broché Époque Louis XVI.

350 — Grande chaise en bois sculpté, époque Louis XV, recouverte d'étoffe à fleurs.

351 — Deux chaises en bois sculpté et doré, époque Louis XVI, couvertes de satin broché.

352 — Fauteuil à dossier lyre en bois sculpté et doré, recouvert au siège de satin broché.

353 — Une chaise d'enfant et un tabouret de pied en bois mouluré, couvert de velours épinglé.

354 — Fauteuil en bois sculpté, à pieds, traverses et bras tors.

355 — Deux petites chaises en bois tourné, recouvertes en ancienne tapisserie au point.

356 — Fauteuil en bois à traverses ajourées, garni de cuir clouté de cuivre.

357 — Deux petits fauteuils en bois sculpté peint, époque Louis XV, recouverts en ancienne tapisserie variée au point, à fleurs sur fond blanc.

358 — Quatre fauteuils variés et une chaise en bois sculpté et canné. Époques Louis XIV et Louis XV.

359 — Fauteuil en bois, à pieds, traverses et bras tors.

360 — Fauteuil en bois sculpté, du temps de la Régence, couvert d'ancienne tapisserie au point, à fleurs.

361 — Fauteuil à haut dossier en bois mouluré, époque Louis XIII, recouvert d'ancienne tapisserie au point : sujet de chasse.

362 — Fauteuil à haut dossier en bois mouluré et sculpté, époque Louis XIV, recouvert d'ancienne tapisserie au point à feuillages, fleurs et animaux.

363 — Fauteuil en bois sculpté avec bras à têtes de lion reposant sur balustre, époque Louis XIII, recouvert en ancienne tapisserie au point : médaillon de fleurs.

364 — Fauteuil en bois sculpté tourné, époque Louis XIII, recouvert de tapisserie au point en partie ancienne.

TAPISSERIES ANCIENNES

ÉTOFFES, TAPIS

365 — Petite tapisserie-verdure d'Aubusson, époque Louis XIV, encadrement de bordure à fleurs et fruits sur fond noir.

Haut., 2 m. 30 cent.; larg., 1 m. 40 cent.

366 — Tapisserie-verdure d'Aubusson, du commencement du XVIIIe siècle : paysage, château et oiseaux, encadrement et bordure de fleurs et rinceaux.

Haut., 2 m. 30 cent.; larg., 2 m. 30 cent.

367 — Panneau en ancienne tapisserie flamande du XVIe siècle, représentant une chasse au faucon animée de nombreux petits personnages : cavaliers, animaux, fond de paysage avec château entouré d'eau.

Haut., 2 m. 50 cent.; larg., 2 m. 90 cent.

368 — Panneau de tapisserie-verdure d'Aubusson, du commencement du XVIIIe siècle : paysage traversé par un cours d'eau, animé d'oiseaux avec vue de ville et constructions diverses.

Haut., 2 m. 35 cent.; larg., 2 m. 80 cent.

369 — Panneau d'ancienne tapisserie d'Aubusson du XVIIe siècle, à grands personnages, fond de paysage.

Haut., 2 mètres ; larg., 1 m. 30 cent.

370 — Portière en satin rouge broché.

371 — Figure découpée en broderie : Saint debout.

372 — Petit panneau en broderie de soies de couleurs : rinceaux et écusson. Époque Louis XIII.

373 — Carpette d'Orient, décorée de trois réserves en forme de losange à fonds bleu et rouge ; bordure à bâtons rompus sur fond noir.

Haut., 2 m. 20 cent.; larg., 2 m. 50 cent.

374 — Carpette d'Orient, centre à fond bleu encadré de plusieurs bordures à fonds blanc, rouge et bleu.

Haut., 2 m. 15 cent.; larg., 1 m. 70 cent.

375 — Tapis de Karamanie en deux parties, à compartiments multicolores.

Haut., 1 m. 65 cent.; larg., 4 m. 15 cent.

376 — Carpette d'Orient, à dessins polychromes sur fond bleu ; bordure fond rouge.

Haut., 1 m. 65 cent.; larg., 2 m. 65 cent.

377 — Objets omis au Catalogue.

www.ingramcontent.com/pod-product-compliance
Ingram Content Group UK Ltd.
Pitfield, Milton Keynes, MK11 3LW, UK
UKHW020447180726
13839UKWH00004B/1686

9 782329 465586